VILLE DE SAINT-MANDÉ

Déclassement des Fortifications et annexion à la Ville de Paris des terrains de la zône des servitudes militaires.

REQUÊTE présentée par la Ville de Saint-Mandé

à Messieurs les Membres du Parlement

pour obtenir une modification au projet de convention à passer entre l'État et la Ville de Paris.

DÉPARTEMENT DE LA SEINE

ARRONDISSEMENT DE SCEAUX

CANTON DE VINCENNES

OBJET :

Projet de convention entre l'État et la Ville de Paris relatif au déclassement des fortifications de Paris

PIÈCES JOINTES :

1° *Plan comparatif de Neuilly-Levallois et Saint-Mandé.*

2° *Texte de la modification demandée.*

RÉPUBLIQUE FRANÇAISE

LIBERTÉ — ÉGALITÉ — FRATERNITÉ

MAIRIE DE SAINT-MANDÉ

(SEINE)

Saint-Mandé, le 191

Le Maire de la Ville de Saint-Mandé
à Monsieur Hournret
Député de Ba... ...

Monsieur le Député,

Le Parlement est actuellement saisi d'un projet
de convention entre l'État et la Ville de Paris, connu
sous le nom de projet Dausset, et relatif au déclassement des fortifications et à l'annexion à la Ville de la
partie du territoire des Communes suburbaines actuellement comprises dans les limites de la zône militaire.

Dans sa séance du 19 Juillet 1913, le Conseil
Municipal de Paris a modifié le projet primitif en
fixant à Neuilly-sur-Seine et Levallois-Perret la route

de la Révolte comme limite de la zône à annexer à Paris.
Cette modification, très logique d'ailleurs, offre
l'avantage de ne pas entraver le développement des
Communes tout en laissant au projet toute son ampleur
(voir plan ci-joint) et une modification analogue serait
absolument nécessaire à Saint-Mandé où les terrains
zôniers se trouvent dans la même situation que ceux de
Neuilly et de Levallois qui viennent d'être exceptés de
la servitude.

Saint-Mandé, en effet, a une surface constructible
de 133 hectares seulement (Neuilly a 350 hectares et
Levallois 270 hectares). Or, sur cette surface, des plus
réduites, le projet en enlèverait 40 soit plus du tiers.

A Saint-Mandé, comme à Neuilly et Levallois,
existe un large boulevard de 26 mètres qui longe les
fortifications dans toute la longueur de la Commune et
qui paraît tout désigné pour former la nouvelle limite
surtout que, du côté opposé à Paris, ce boulevard est
bordé de nombreuses et importantes constructions.

Enfin, l'anneau de verdure qu'on se propose de
créer autour de la Capitale se trouve déjà constitué
par le Bois de Vincennes qui entoure Saint-Mandé et qui
n'est qu'à une faible distance des fortifications (500
à 800 mètres au maximum).

VILLE DE SAINT-MANDÉ

Modification au projet de convention entre l'État et la Ville de Paris, relatif au déclassement des fortifications et à l'annexion de la zône militaire.

Texte actuel

(modifié par délibération du Conseil Municipal de Paris du 16 Juillet 1913)

ART. 6. — Les terrains composant la zône unique des servitudes militaires de l'enceinte de Paris continueront à être grevés, sous les restrictions qui sont indiquées ci-après, de la servitude *non oedificandi* dans l'intérêt de l'hygiène et de la salubrité publiques, à l'exception de ceux situés sur le territoire des Communes de Neuilly et de Levallois, désignés à l'art. 7 ci-après.

ART. 7.— La Ville de Paris sera tenue d'acquérir . . . .
La Ville de Paris aura la faculté . . . .
. . . .
Sont exceptés toutefois, les terrains compris entre la limite extérieure de la zône, d'une part, la rue de Chartres à Neuilly, le boulevard de la Révolte, la route de la Révolte et la rue de Courcelles (chemin vicinal n° 1) et figurés par une teinte rose au plan ci-annexé.

Texte proposé

ART. 6. — Les terrains composant la zône unique des servitudes militaires de l'enceinte de Paris continueront à être grevés sous les restrictions qui sont indiquées ci-après, de la servitude *non oedificandi* dans l'intérêt de l'hygiène et de la salubrité publiques, à l'exception de ceux situés sur le territoire des Communes de Neuilly, de Levallois **et de Saint-Mandé**, désignés à l'art. 7 ci-après.

ART. 7.— La Ville de Paris sera tenue d'acquérir . . . .
La Ville de Paris aura la faculté . . . .
. . . .
Sont exceptés toutefois, les terrains compris entre la limite extérieure de la zône, d'une part, la rue de Chartres à Neuilly, le boulevard de la Révolte, la route de la Révolte et la rue de Courcelles (chemin vicinal n° 1), à Levallois-Perret; **le boulevard Carnot et une ligne γ faisant suite entre la rue de Paris et la rue de Lagny à Saint-Mandé** et figurés par une teinte rose au plan ci-annexé.

NOTA. — Les mots à ajouter au texte présenté sont imprimés en rouge.

C'est pourquoi, au nom de la Ville de Saint-Mandé dont le développement serait arrêté à tout jamais et dont les intérêts se trouveraient gravement compromis, j'ai l'honneur de faire appel, Monsieur le Député, à vos sentiments d'équité et de justice pour obtenir, comme pour Neuilly et Levallois, une modification au projet sur lequel vous allez être appelé à vous prononcer, modification qui consisterait à adopter le boulevard Carnot pour limite de la zône à annexer à la Ville de Paris, surtout que cette solution ne diminuerait que de 19 hectares l'emprise projetée par la Ville de Paris alors que la modification accordée à Neuilly et à Levallois a diminué l'emprise primitive de 42 hectares.

Ci-joint un projet d'article additionnel à la Convention.

Veuillez agréer, Monsieur le Député, l'expression de ma haute considération.

. Le Maire de Saint-Mandé,

47. Le Sirne
1520

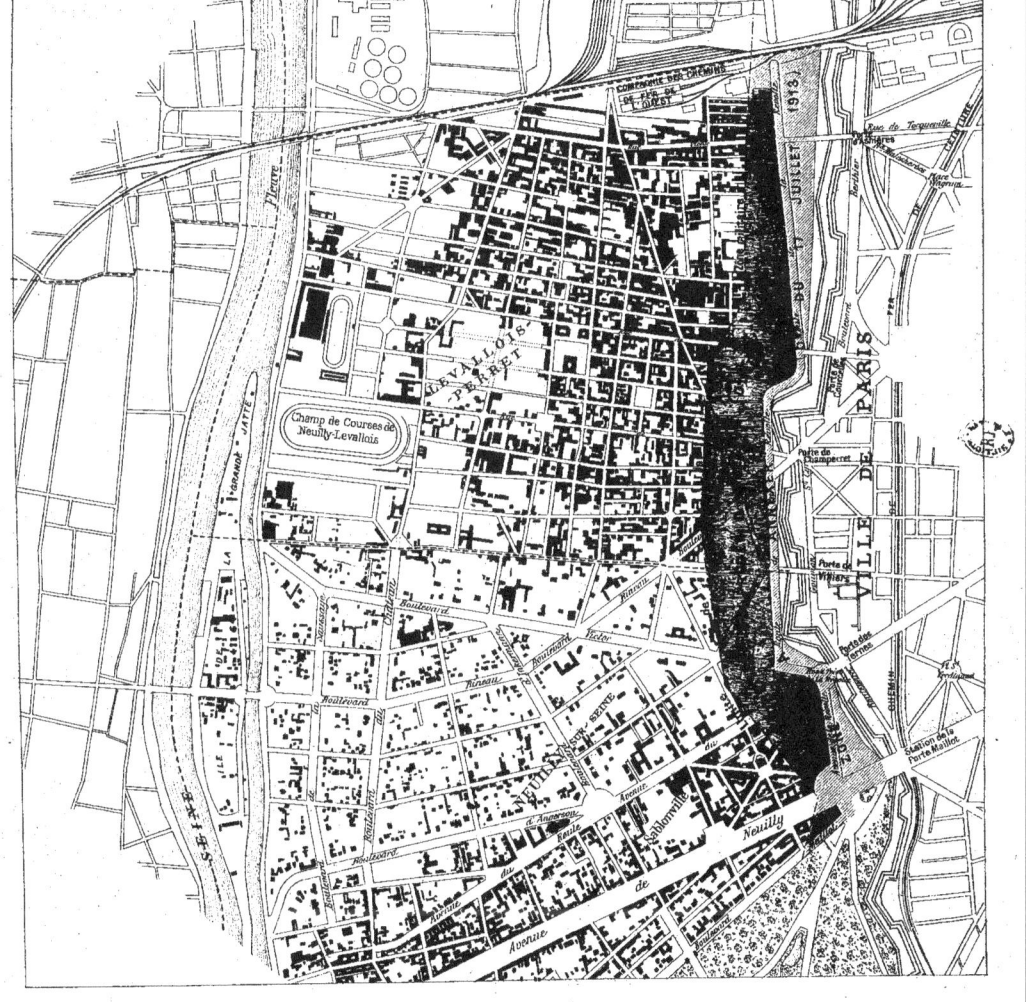

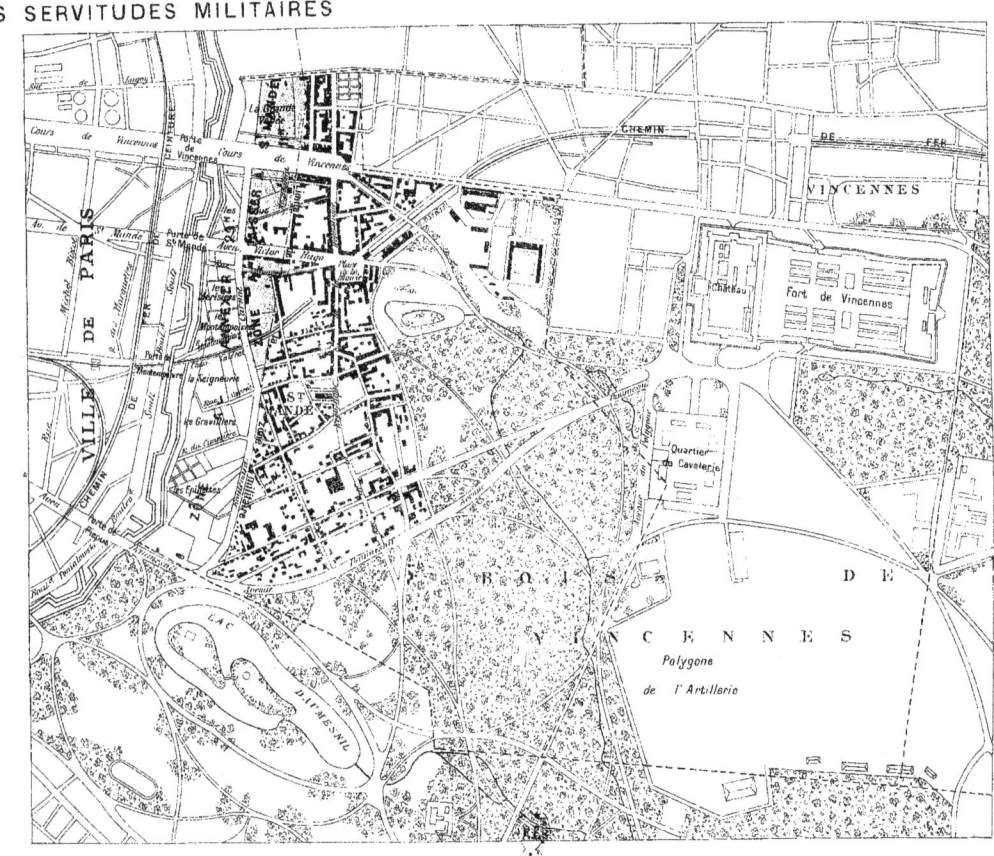

LÉGENDE

Surface constructible des Communes de :
- Saint-Mandé............... 133ʰ
- Neuilly........... 350ʰ } ... 620ʰ
- Levallois..... 270ʰ

Modification demandée par Saint-Mandé :

Surface à annexer :
(Délibération du Conseil Municipal de Paris du 17 Juillet 1913).
- Saint-Mandé....... 40ʰ, soit ¹/₃ de la surface constructible
- Neuilly...........6ʰ } ...18ʰ, soit ¹/₃₀ dᵒ
- Levallois....12ʰ

Surface à annexer à Paris (teinte rose clair)...................29ʰ, soit ¹/₅ dᵒ
Surface à réserver à Sᵗ-Mandé (teinte rose vif) ...11ʰ au lieu de 42ʰ laissés à Neuilly et Levallois

N. B. — L'ensemble des teintes rose vif et rose clair indique la totalité des surfaces zonières.